我是粉红公主
你好，我是生活在糖果王国的粉红公主。先来介绍我自己吧。
U0147386
1
2
3
4
5
6
7
8
9
1

壮丽的宫殿

这里是糖果王国的宫殿和庭院。请您尽情欣赏世上最漂亮的宫殿吧。

17
18
19
20
21
22
23
24
25
26
27
28
29
30
31

漂亮的居室

我只让你参观我的漂亮卧室。你参观我房间的这件事要绝对保密哟。

41
42
43
44
45
46
47
48
49
50
51

可爱的宠物

我最喜欢与可爱的动物在一起，也很喜欢画可爱的动物。

64
65
66
67
68
69
70
71
72
73

灿烂的晚礼服

我收到了邻国的舞会邀请。我该穿哪件礼服呢？你帮我选一件最漂亮的礼服吧。

85
86
87
88
89
90
91
92
93
94
95

梳妆台和宝石

化妆要漂亮，耳环和项链也要选择最好看的。对了，别忘了在头上戴上王冠。

107
108
109
110
111
112
113
114
115
116
117

坐上马车出发

现在该坐着马车访问邻国了。一想到很快能够和王子见面，我已经迫不及待啦！

127
128
129
130
131
132
133
134
135
136
137
138
139

哦，我的公主
哦，我的粉红公主！欢迎您来到我的王国。您和我一起享用我精心准备的晚餐好吗？
140
141
142
143
144
145
146
147
148
157
161

149
150
151
152
153
154
155
156
158
159
160
162

华丽的舞会
随着乐队的琴声，华丽的舞会开始了。我们跳着欢快的舞步，度过快乐的时光。
163
164
165
166
167
168
169
170

171
172
173
174
175
176
177
178
179
180

快乐的郊游

今天我和王子去野外约会。花儿香，鸟儿鸣，天地都在祝福我们。

189
190
191
192
193
194
195
196
197
198
199
200

幸福的婚礼
今天是王子和我举行婚礼的大喜日子。从今天起，
我们戴着结婚戒指开始了永恒的爱情之旅。
201
202
203
205
204
208
206
207
209
210